AF369637

MEUBLES PRÉCIEUX

DU TEMPS DE LOUIS XVI

Porcelaines de Sèvres et de Chine

Groupes en vieux Saxe

BRONZES, ORFÉVRERIE, SCULPTURES

TAPISSERIES

TABLEAUX

Appartenant à M. X***

EXPOSITIONS :

Particulière	Publique
Le Dimanche 23 Mars 1873	*Le Lundi 24 Mars 1873*

<table>
<tr><td>Mᵉ CHARLES PILLET,
COMMISSAIRE-PRISEUR
10, rue de la Grange-Batelière.</td><td>M. CHARLES MANNHEIM,
EXPERT,
7, rue Saint-Georges.</td></tr>
</table>

CATALOGUE

DE

MEUBLES PRÉCIEUX

DU TEMPS DE LOUIS XVI

Dont quelques-uns par RIESENER *et autres garnis de*
bronzes ciselés par GOUTHIÈRES ;
Porcelaines de Sèvres, de Saxe, de Chine et du Japon ; Orfévrerie ;
Bronzes d'art ; Armes ; Beaux groupes en vieux Saxe ;
Sculptures en bois et en ivoire ;
Tapis en peluche de Gênes ; Tapisseries ;

TABLEAUX

Appartenant à M. X***

ET DONT LA VENTE AURA LIEU

HOTEL DROUOT, SALLE N° 1

Le Mardi 25 Mars 1873

A DEUX HEURES.

Par le Ministère de Mᵉ CHARLES PILLET, Commissaire-Priseur
10, rue de la Grange-Batelière ;

Assisté de M. CHARLES MANNHEIM, expert, 7, rue Saint-Georges.

Chez lesquels se trouve le présent Catalogue.

EXPOSITIONS

PARTICULIÈRE : Le Dimanche 23 Mars 1873
PUBLIQUE : Le Lundi 24 Mars 1873

DE UNE HEURE A CINQ HEURES

CONDITIONS DE LA VENTE

Elle sera faite au comptant.

Les adjudicataires payeront *cinq pour cent*, en sus des enchères.

L'exposition mettant le public à même de se rendre compte de l'état des objets, il ne sera admis aucune réclamation une fois l'adjudication prononcée.

Paris. — Typ. PILLET fils aîné, rue des Gr.-Augustins, 5.

DÉSIGNATION

MEUBLES

70.100 . 1 — Grand et magnifique bureau à cylindre et à deux rangs de tiroirs, en bois d'acajou moucheté et garni de poignées et d'entrées de serrure en bronze très-finement ciselé et doré par GOUTHIÈRES. Pièce remarquable par l'élégance de sa forme, par ses larges proportions et le fini de ses ornements. — Haut., 1 m. 35 cent.; larg., 1 m. 70 cent.; prof., 85 cent.

5.000 . 2 — Très-joli meuble-console, de forme cintrée, en bois d'acajou, richement garni de bronzes finement ciselés et dorés au mat. Les pieds sont ornés de cariatides de femmes et le tiroir est enrichi d'une frise à rinceaux, sphinx et ornements. Dessus et tablette d'entre-jambes en marbre griotte. Beau travail du temps de Louis XVI. — Larg., 1 m. 27 c.

3.000 . 3 — Joli meuble bibliothèque en bois d'acajou garni d'ornements en bronze finement ciselé et doré et à angles coupés ornés de pilastres cannelés. Il ferme à deux portes vitrées et le dessus est formé d'une tablette de marbre blanc. Époque Louis XVI. — Haut., 1 m. 90 cent.; larg., 1 m. 45 cent.

4 — Belle commode, à angles coupés et à côtés légèrement cintrés en bois d'acajou, garnie de beaux bronzes dorés. Époque Louis XVI. Elle porte le nom de J. H. RIESENER. Dessus de marbre. — Larg., 1 m. 45 cent.

5 — Petit secrétaire Louis XVI, accompagnant la commode qui précède et signé également RIESENER.

6 — Grand et beau meuble d'entre-deux de mêmes style et travail. Il ferme à quatre portes surmontées d'un rang de tiroirs et porte également le poinçon de J. H. RIESENER. Dessus de marbre griotte d'Italie. — Larg., 1 m. 68 cent.

7 — Belle commode à triple rang de tiroirs, en bois d'acajou, garnie de bronze et angles coupés, enrichis de chutes ornées et de groupes de fruits. Époque Louis XVI. — Larg. 1 m. 50 cent.

8 — Charmante petite table du temps de Louis XVI, formant toilette et bureau, en bois d'acajou et garnie de bronzes finement ciselés et dorés. Le dessus glisse en ouvrant le tiroir. Nous attribuons cette pièce à Riesener.

9 — Beau meuble d'entre-deux, fermant à deux portes et orné aux angles de colonnettes entourées de lierre. Ce meuble est en bois d'acajou moucheté et garni d'ornements en bronze finement ciselé et doré. Travail de la fin du règne de Louis XVI. — Larg., 1 m. 40 c.

2.300.

10 — Secrétaire Louis XVI en bois d'acajou, garni de bronzes et à côtés cintrés formant étagères avec tablettes de marbre blanc. — Larg., 1 m.

8.000.

11 — Beau meuble d'entre-deux, du temps de Louis XVI, à tiroirs et à côtés cintrés formant étagères, en bois noir, garni de frises à rinceaux et d'ornements en bronze finement ciselé et doré, et enrichi de beaux panneaux en ancien laque du Japon à décor de paysages et animaux en or en relief sur fond noir. Dessus de marbre blanc. Ce meuble est signé : C. SAUNIER. — Larg., 1 m. 53 cent.

1.680.

12 — Belle encoignure de même style. La porte est formée d'un beau panneau en ancien laque du Japon.

2.280.

13 — Deux petits meubles en marqueterie de Boule écaille et cuivre, fermant à deux portes vitrées et garnis de bronzes dorés. Style Louis XIV.

14 — Glace carrée avec cadre en bois sculpté et doré à figures d'enfants, fleurs et ornements.

15 — Pupitre en laque du Japon à décor en relief sur fond aventuriné.

16—Petite crédence en bois de noyer sculpté du xvi* siècle, modèle à colonnettes.

17 — Fauteuil d'angle en bois noir couvert en cuir de Cordoue.

1390.

18 — Quatre chaises Louis XVI en bois sculpté et peint en blanc, non couvertes.

BRONZES

805.

19 — Deux jolis petits groupes en bronze, jeux d'enfants sur socles rocaille en bronze doré. Époque Louis XV.

20 — Deux statuettes en bronze, Voltaire et Rousseau debout sur socles en marbre griotte d'Italie.

21 — Deux petits bustes des mêmes personnages en bronze doré sur socles en marbre blanc.

22 — Deux coupes ou brûle-parfums en porcelaine gros bleu de Sèvres, montés en bronze doré à quatre pieds têtes de lion et couvercles repercés à jour.

23 — Deux paires de flambeaux Louis XVI en bronze ciselé et doré.

24 — Coupe ronde en terre cuite à figures et oiseaux en relief à l'intérieur et montée sur trois dauphins debout en bronze.

PORCELAINES DE SÈVRES

5.500.

25 — BEAU TÈTE-A-TÈTE en ancienne porcelaine de Sèvres, pâte tendre, fond bleu de roi, décoré de médaillons

d'oiseaux par Evans, et riches ornements d'or. Il se compose d'un plateau de forme contournée et à deux anses, de deux tasses avec soucoupes, d'une théière, d'un sucrier et d'un pot à crème. Époque Louis XVI.

26 — Belle cuvette en ancienne porcelaine de Sèvres, pâte tendre, fond bleu turquoise et médaillons d'oiseaux. Époque Louis XV. Cette pièce est malheureusement fracturée.

27 — Trois compotiers forme coquille en vieux Sèvres, pâte tendre, décorés de fleurs et bords à hachures bleues.

28 — Sucrier avec plateau et couvercle en vieux Sèvres, pâte tendre, décoré de fleurs peintes et à filets bleus.

29 — Tasse trembleuse avec couvercle et soucoupe en vieux Sèvres, pâte tendre, décorée d'oiseaux et d'ornements sur fond jaune clair.

30 — Deux tasses avec soucoupes de forme arrondie en porcelaine de Sèvres, pâte tendre, fond bleu et vert à décor d'or et médaillons d'oiseaux.

PORCELAINES DE SAXE

31 — Les Saisons. Quatre belles statuettes en ancienne porcelaine de Saxe, montées sur socles en bronze ciselé et doré à tores de lauriers.

32 — Beau groupe en ancienne porcelaine de Saxe : l'Enlèvement d'Europe.

33 — Deux jolis vases en forme de potiche, à couvercles, en ancienne porcelaine de Saxe, décorés de fleurs et d'oiseaux en couleurs et rehaussés d'or.

34 — Deux cornets de même porcelaine et de décor analogue.

35 — Deux beaux sucriers à quatre lobes avec plateaux et couvercles en ancienne porcelaine de Saxe gaufrée à vannerie et décorés de sujets de batailles en camaïeu rouge.

36 — Six jolies tasses hautes avec soucoupes en ancienne porcelaine de Saxe, décorées de sujets de chasse en camaïeu rouge et d'ornements rocaille en couleurs.

37 — Cabaret en ancienne porcelaine de Saxe, décoré de fleurs en bleu et or et de figures en couleurs. Il se compose de : six tasses avec soucoupes, un sucrier, une théière et un bol.

38 — Seau à rafraîchir avec double fond et couvercle en porcelaine de Saxe, décoré de fleurs.

39 — Tasse et soucoupe à quatre lobes, en ancienne porcelaine de Saxe, décorée d'oiseaux.

40 — Neuf belles assiettes et deux compotiers en ancienne porcelaine de Saxe, à décors variés. Ce lot sera divisé.

41 — Trois plats de forme contournée en ancienne porcelaine de Milan, décorés de fleurs.

42 — Autre plat de même porcelaine, à bord gaufré et décoré de fleurs.

PORCELAINES
DE LA CHINE ET DU JAPON

43 — Belle coupe ronde à deux anses et à couvercle en ancienne porcelaine de Chine, décorée de fleurs et d'insectes émaillés en couleurs.

44 — Coupe ronde et profonde à couvercle en ancienne porcelaine du Japon, à décor de fleurs et paysages en bleu, rouge et or.

45 — Deux petits vases forme cornet en ancienne porcelaine de Chine, décorés d'arabesques réservées sur fond rouge brique et de rosaces émaillées en couleurs.

46 — Bouteille à pans à décor en camaïeu bleu.

47 — Deux bouteilles en ancienne porcelaine de Chine, à dragons en relief émaillés en couleurs.

48 — Trois sucriers en ancienne porcelaine de Chine, à décors variés.

49 — Vase de nuit en ancienne porcelaine de Chine, décoré en émaux de la famille verte.

50 — Trente assiettes en ancienne porcelaine de Chine à
décors variés. Ce lot sera divisé.

51 — GRAND ET BEL ENCRIER en tôle laquée, avec godets en
ancien céladon bleu turquoise, branches porte-lumières
en bronze doré, garnies de fleurs de porcelaine et
encrier en cristal de roche.

FAIENCES

52 — Grande plaque en faïence de Castelli à sujet de personnages en costumes de l'époque Louis XIV.

53 — Autre plaque en faïence de Castelli à sujet religieux.

54 — Deux plats ronds en ancienne faïence dite de
Perse, décorés de fleurs.

55 — Deux plats ronds en faïence de Trévise, décorés de
fleurs.

56 — Vase en forme de pomme de pin en faïence de Pe-
saro. Le couvercle manque.

OBJETS VARIÉS

57 — Grande et belle soupière en argent repoussé et ciselé,
à deux anses, décorée d'ornements rocaille et de fleurs
en relief et surmontée d'un groupe de légumes.

58 — Grand vase à deux anses et formant fontaine en cuivre jaune repoussé à côtes et ornements. Travail ita-
lien.

59 — Plâtre. — Modèle en plâtre peint, de la célèbre
statue de Voltaire par Houdon.

60 — Bois. — Belle sculpture en haut-relief représentant
la crèche. L'encadrement est formé de onze figures de
saints personnages et d'ornements finement sculptés et
repercés à jour. Travail remarquable du xvııᵉ siècle. —
Haut., 70 cent.; larg., 52 cent.

61 — Ivoire. — Jolie statuette de Jupiter debout.
xvııᵉ siècle.

62 — Petite mandoline en or émaillé renfermant une
montre. Époque Louis XVI.

63 — Montre Louis XV à cuvette émaillée à figures de
Vénus et de l'Amour.

64 — Joli flacon en forme de petit baril en agate orientale,
monté en or émaillé et garni d'une chaîne de suspen-
sion ornée de diamants et d'améthystes. Le bouchon
est orné d'une perle fine.

65 — Cachet formé d'un scarabée en agate orientale,
gravé à figures de guerriers et monté en guise de tor-
tue en or ciselé.

66 — Peigne de poche en argent, avec enveloppe ornée de
rinceaux en relief.

67 — Nécessaire de dame en argent repoussé à ornements
rocaille et fleurs. Époque Louis XV.

68 — Petite boîte en cuivre ciselé et doré. Même époque.

69 — Boîte ronde en écaille posée d'or à étoiles.

70 — Cuiller en cristal de roche à manche d'ivoire et monture en or.

71 — Encrier chinois en forme de fruit en cristal de roche.

72 — Encrier chinois analogue, mais sans couvercle.

73 — Petite coupe en agate orientale, sur pied à balustre.

74 — Petite coupe ronde sur piédouche en agate orientale.

75 — Canne en bambou gravé à sujets de batailles.

76 — Autre canne en défense de narval incrustée d'écaille.

ARMES

77 — Fusil de chasse du temps de Louis XV, à deux coups, de **De Cazes**, arquebusier du Roy ; monture en argent.

78 — Fusil de chasse à deux coups, de **Le Gros**, à Paris ; la crosse est sculptée à tête de dauphin.

79 — Fusil analogue de **Jérôme Brunon** ; monture argentée.

80 — Autre fusil à deux coups, de **Prévoteau**, à Paris, avec crosse sculptée.

81 — Fusil à deux coups, de **Prévoteau**, à Paris ; crosse sculptée à tête de dauphin.

82 — Fusil à un coup, du même, monté en argent.

83 — Fusil à un coup, avec canon ciselé.

84 — Fusil à un coup, de **La Borde**, à Paris, avec canon bleui.

85 — Fusil à un coup, avec crosse à coude sculptée à tête
de levrier. Le collier en fer porte l'inscription suivante :
*Je suis fidèle à mon maître, qui m'éprouvera connaîtra
ma fidélité.*

86 — Pulvérin de la fin du xvi° siècle, en cuivre ciselé,
doré et repercé à jour.

87 — Amorçoir en ivoire sculpté, à figures de style flamand. xvii° siècle.

88 — Amorçoir en bois finement sculpté, à sujet de style
flamand et monté en argent. Même époque.

ÉTOFFES

89 — Grand et beau tapis en peluche de Gênes, à dessins
en couleurs sur fond rouge.

90 — Deux jolies portières en tapisserie au petit point, à
enroulements et fleurs en couleurs, sur fond de velours
grenat.

TABLEAUX

2.900.

91 — Oudry. — Cygne attaqué par un chien. Signé au bas, à gauche : *Oudry, f.* 1753.

92 — Ecole française. — Portrait de femme en riche costume du temps de Louis XIV. Ovale.

93 — Ecole française. — Enfant nu dans un paysage.

94 — Homard et poissons. — Signé à droite : *Velasquez.*

95 — Nature morte. — Signé : *de Heem*, 1661.

96 — Scène d'intérieur attribuée à Schall.